Ilustrações de **Carlo Giovani**

Este livro está de acordo com alguns dos
Objetivos de Desenvolvimento Sustentável (ODS):

2ª edição, 2024

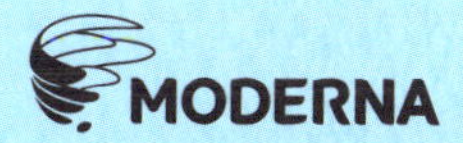

TEXTO © CÁSSIA D'AQUINO, 2024
ILUSTRAÇÕES © CARLO GIOVANI, 2024
1ª EDIÇÃO, 2010

DIREÇÃO EDITORIAL Maristela Petrili de Almeida Leite
COORDENAÇÃO DE EDIÇÃO DE TEXTO Marília Mendes
EDIÇÃO DE TEXTO Giovanna Di Stasi
COORDENAÇÃO DE EDIÇÃO DE ARTE Camila Fiorenza
DIAGRAMAÇÃO Michele Figueredo
ILUSTRAÇÕES DE CAPA E MIOLO Carlo Giovani
COORDENAÇÃO DE REVISÃO Thaís Totino Richter
REVISÃO Nair Hitomi Kayo
COORDENAÇÃO DE *BUREAU* Everton L. de Oliveira
PRÉ-IMPRESSÃO Ricardo Rodrigues, Vitória Sousa
PRODUÇÃO INDUSTRIAL Wendell Monteiro (Gerência), Gisely Iácono (coordenação), Fernanda Dias, Renee Figueiredo, Silas Oliveira, Vanessa Siegl (produção), Cristiane de Araújo, Eduardo de Souza, Tatiane B. Dias (PCP)
IMPRESSÃO E ACABAMENTO
Log&Print Gráfica, Dados Variáveis e Logística S.A.
Lote: 794229
Código: 120004602

Dados Internacionais de Catalogação na Publicação (CIP)
(Câmara Brasileira do Livro, SP, Brasil)

D'Aquino, Cássia
Ganhei um dinheirinho: o que posso fazer com ele? / Cássia D'Aquino; ilustração Carlo Giovani. — 2. ed. — São Paulo: Santillana Educação, 2024.

ISBN 978-85-527-2927-3

1. Educação financeira (Ensino fundamental) I. Giovani, Carlo. II. Título.

24-193771 CDD-372.8

Índices para catálogo sistemático:
1. Educação financeira : Ensino fundamental 372.8

Aline Graziele Benitez - Bibliotecária - CRB-1/3129

EDITORA MODERNA LTDA.
Rua Padre Adelino, 758 — Quarta Parada
São Paulo — SP — Brasil — CEP 03303-904
Vendas e atendimento: Tel. (11) 2790-1300
www.moderna.com.br
2024

Para o Francisco,
meu sobrinho e sol.

Olá!

Você sabe o que é mesada ou semanada?

Para aprender a lidar com dinheiro, as crianças podem receber dos pais uma quantia por mês (a mesada) ou por semana (a semanada). É claro que existem outras maneiras de os pais cuidarem da educação financeira dos filhos. Dar ou não uma quantia mensal ou semanal é uma decisão de cada família.

Se você já recebe mesada ou semanada, vai aprender a tirar o melhor proveito delas lendo este livro. Se não, vai ter a chance de conhecer melhor o assunto e, então, mostrar para seus pais que você já merece receber!

De todo modo, se você resolver seguir estas dicas, vai descobrir o orgulho e o prazer que a gente sente ao perceber que é capaz de usar a inteligência para lidar com dinheiro.

Boa sorte!

Mesmo quem não ganha mesada recebe, de vez em quando, algum dinheiro dos avós, dos tios, dos pais... É por isso que aprender a lidar com dinheiro interessa a todo mundo, porque mesmo quem não tem dinheiro agora, um dia poderá ter. E o quanto antes a gente aprende, melhor.

É normal os pais não darem grandes quantias nas mãos de seus filhos, mesmo que eles sejam ricos. Eles fazem isso porque querem que os filhos aprendam a dar valor ao dinheiro. E as pessoas quase nunca dão valor ao que é muito fácil!

Para ter dinheiro, é preciso se educar e aprender a lidar com ele. Por isso, preste atenção: a quantia que você recebe de mesada não tem nenhuma importância. Não se deixe impressionar se seus amigos recebem mais dinheiro do que você.

CONCENTRE-SE EM ADMINISTRAR BEM A SUA MESADA: É ISSO QUE VAI FAZER DIFERENÇA NO FUTURO!

Se você recebe mesadas “gordinhas”, ótimo! Mas não vá se esquecer de que isso aumenta a sua **responsabilidade** em aprender a lidar com dinheiro.

Sobre esse assunto, quero comentar mais uma coisinha: você não é daqueles que ficam espalhando quanto ganham, é? Daqueles que não percebem a grande, a enorme falta de educação que é ficar se gabando do dinheiro que tem?

Muito bem, eu sabia que não.

Quem recebe mesada, ou ganha um dinheirinho de vez em quando, gosta de **GASTAR** comprando coisas legais: brinquedos, doces, jogos e figurinhas, por exemplo.

É ótimo poder comprar essas coisas todas. É divertido e é saudável. Mas não devemos gastar todo o dinheiro assim que o recebemos. A gente devia mesmo era pensar em **POUPAR** uma parte.

MAS VOCÊ SABE O QUE É POUPAR?

Poupar é **GUARDAR** um pouco do nosso dinheiro, colocando-o num lugar seguro. Fazendo assim, a gente pode gastá-lo mais tarde, quando realmente precisar dele.

GASTAR DINHEIRO PODE SER FÁCIL... MAS SABER GASTAR COM INTELIGÊNCIA É MUITO, MUITO, MUITO DIFÍCIL.

Saber distinguir as coisas que nós **precisamos** comprar daquelas que nós só **queremos** não é nada fácil. Aquilo que nós precisamos de verdade é muito mais importante do que aquilo que compramos só porque gostamos e queremos.

É claro que nem todo mundo quer e precisa das mesmas coisas. Aquilo que para alguém pode ser de muita necessidade, para outra pessoa pode ser supérfluo. Essas definições vão mudando até de acordo com a idade da gente.

Não acredita? Pois, então, pense um pouco e me diga: o que era necessário à sua vida quando você era um bebezinho? E agora, que já é uma pessoa mais crescida, do que é que você precisa?

Então, não se esqueça: para usar bem o dinheiro é preciso **PRESTAR SEMPRE ATENÇÃO ÀS ESCOLHAS** que a gente está fazendo.

Todo mundo, às vezes, acaba fazendo alguma compra de que se arrepende mais tarde. É chato, mas paciência... Quando o assunto é dinheiro, a gente também pode dizer que **é errando que se aprende.**

Você já aprendeu que é importante poupar, mas por que será que muitas pessoas não conseguem fazer uma poupança? A resposta é muito simples: **ninguém ensinou a elas como é que se poupa**.

Se gastar dinheiro com inteligência já não é fácil, imagine poupar! Mas com você será diferente... **agora vai aprender tudo sobre fazer uma POUPANÇA!**

Você ganhou algum dinheiro? Então separe uma parte para a poupança na mesma hora. Vai ficar muito mais fácil se fizer assim.

Quer saber por quê? Se você deixar o dinheiro, todo junto, na carteira, na gaveta ou seja lá onde for, **a tentação de sair gastando** vai ser tanta que você não vai resistir. Pode acreditar: ninguém resiste! E quando você for procurar seu dinheiro... **ACABOU!**

Ainda não acredita? Então imagine... lá vai você para o cinema com todo o dinheiro da mesada. Num instantinho você compra refrigerante, chocolate, pipoca, e por aí vai... Você já está roxo de tanto comer e o dinheiro sumiu...

Por isso, vou dar uma **dica**: Recebeu o dinheiro? Coloque a parte que você pretende gastar em um envelope. Com a letra bem bonita, escreva neste envelope: **GASTAR**.

Separe, na mesma hora, a parte que você quer poupar e coloque em outro envelope. Com a letra mais bonita ainda, escreva: **POUPANÇA**.

Viu como é fácil? Para tornar o seu envelope ainda mais especial, você pode colori-lo com lápis de cor ou canetinhas. Se preferir, pode também colar adesivos, usar carimbos ou fazer um lindo desenho. O que importa é que ele fique com o seu jeitinho.

Mas tem um detalhe: é muito mais gostoso poupar quando a gente tem **METAS** para a poupança. Você pode querer juntar dinheiro para comprar um brinquedo mais caro, um tênis especial, fazer um passeio... As metas podem te ajudar no uso do seu dinheiro.

GASTAR
POUPAR

Aí você pergunta: mas como é que eu vou saber quanto é que devo poupar?

É simples. **Divida sempre a sua mesada ao meio:**

Se ganhar **R$ 10,00**,
coloque **R$ 5,00**
em **CADA ENVELOPE**.

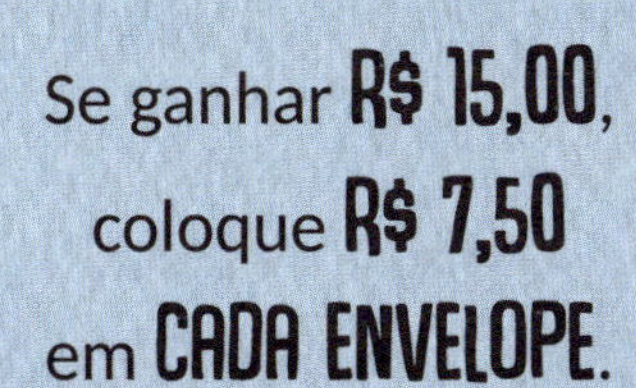

Se ganhar **R$ 15,00**,
coloque **R$ 7,50**
em **CADA ENVELOPE**.

Se ganhar **R$ 50,00**,
coloque **R$ 25,00**
em **CADA ENVELOPE**.

E ASSIM POR DIANTE...

Depois de poupar por um bocado de tempo, finalmente você consegue guardar uma quantia razoável de dinheiro. **O QUE FAZER COM ESSE DINHEIRO?**

Você pode deixá-lo em casa, no seu cofrinho, ou no envelope de poupança. Mas sabe como é... Quando a gente tem dinheiro por perto, fica muito mais fácil gastar... Além do mais, o dinheiro em casa não rende nada, por isso, uma boa solução é abrir uma **CADERNETA DE POUPANÇA**.

O primeiro passo é escolher o banco. Você pode escolher qualquer um, mas se for o banco no qual seus pais têm conta, ou aquele bem perto da sua casa, fica mais fácil.

Para abrir uma caderneta de poupança, alguns bancos exigem um valor mínimo. Outros não. É melhor pedir ajuda a seus pais para se informar sobre isso. Você vai precisar que uma pessoa com mais de 18 anos o acompanhe até o banco. Ah, e é claro: não vá se esquecer de levar o dinheiro.

Você pode pegar seu dinheiro de volta quando quiser, mas enquanto ele estiver depositado **o banco vai usá-lo**. Acontece que os bancos emprestam o dinheiro da gente para outras pessoas e empresas.

Vamos imaginar, por exemplo, que alguém precise de dinheiro para comprar uma casa ou que uma empresa queira ampliar o negócio. Nesse caso, a pessoa ou a empresa vai até o banco e pede um **EMPRÉSTIMO**. O banco, então, empresta o nosso dinheiro para eles.

BANCO
BANCO

Mas o banco não faz isso à toa, sem nenhuma condição. Não, isso é que não. O banco vai exigir que quem pegou o empréstimo garanta que vai **devolver** direitinho o dinheiro que pegou. Aliás, que devolva a quantia que tomou emprestada e até um pouco mais. Esse tanto a mais tem o nome de **JUROS**.

Por isso, quando o banco usar o seu dinheiro, em troca, ele vai dar a você **uma parte dos juros** que foi pago a ele. O valor dos juros que você vai receber varia de mês a mês. Mas o banco vai te informar quanto o seu dinheiro está rendendo em um relatório chamado **EXTRATO**. Nele o banco conta tudo o que você precisa saber para acompanhar o rendimento do seu dinheiro.

BANCO
$100+
JUROS

Você pode consultar o *site* do banco para obter o extrato, mas essa não é a única maneira de acompanhar o rendimento. Você pode também pegar o seu extrato nos **caixas eletrônicos**. Você já deve ter visto um deles por aí. Os caixas eletrônicos são máquinas que podem ser usadas para fazer depósitos, sacar dinheiro ou fazer o pagamento de contas. Os caixas permitem também saber quanto dinheiro a gente tem no momento, ou seja, qual é o nosso **SALDO**.

Esses caixas funcionam como um computador. Normalmente ficam na entrada dos bancos, em supermercados ou até em *shoppings*. Para usar um caixa eletrônico, além de ser cliente de um banco, é preciso também usar uma **SENHA**. E o que é uma senha? Ah, disso você vai gostar! A senha é um **código ultrassecreto** que não se pode contar a ninguém. Um segredo que é só da gente.

Bom, você já aprendeu que **o dinheiro serve para gastar e para poupar**. Mas será que podemos usar o dinheiro para mais alguma coisa? Ah, podemos, sim!

Pense um pouco sobre sua vida, as pessoas legais com quem você convive, as oportunidades que você tem, sua saúde, seus brinquedos, seus amigos... será que todo mundo tem a mesma sorte? Como será que a gente pode **COLABORAR**, nem que seja um pouquinho, para melhorar a vida de outras pessoas?

DOANDO.

Se você decidir doar uma parte do seu dinheiro, mesmo que só um pouquinho, **VAI PODER AJUDAR MUITA GENTE**... Mas, principalmente, vai descobrir que seus problemas são muito pequenos diante da necessidade de tantas outras pessoas.

Você pode fazer doações para instituições de caridade ou para alguma organização que defenda causas com as quais você simpatize. Por exemplo, as que defendem os animais em extinção ou as que preservam as florestas.

Vamos imaginar, então, que você resolva fazer uma doação.

Como será que vão ficar os envelopes?

Por exemplo, se você ganhar **R$ 20,00** de semanada,

pode dividir a quantia ao meio:

Agora, você tira **um pouquinho** de cada um deles:

Fazendo desse modo, você vai doar **R$ 2,00**

e ainda ficará com **R$ 9,00** em cada envelope.

DIA
1
5
10
15
10
25
$

É verdade que **R$ 2,00** por semana parece pouco. Mas lembre-se de que, ao final de um ano, ou seja, depois de **52 SEMANAS**, isso vai se transformar em **R$ 104,00...** Já ajuda um bocado, não é?

Mas você não precisa juntar tudo isso para doar: **VOCÊ PODE FAZER SUAS DOAÇÕES UM POUQUINHO POR MÊS.**

O dinheiro não é a única coisa que podemos doar. Todos nós também **PODEMOS DOAR TEMPO E TALENTO**. E como é que se doa tempo? Fácil, você pode:

- ajudar a cuidar dos irmãos mais novos (sem ficar reclamando);
- ajudar vizinhos a carregarem as compras de supermercado;
- ligar para seus avós apenas para saber se eles estão bem;
- ouvir com atenção alguém que esteja com problemas.

E de muitos outros modos que você pode inventar... Todo mundo tem um tempinho para ajudar quem precisa. É só saber se organizar.

E talento, quer saber como se doa? Que tal, assim:

- fazer um desenho para alguém que está triste;
- preparar um lanchinho especial para alguém que esteja doente ou cansado;
- amarrar o tênis de uma criança que ainda não sabe amarrar sozinha;
- dar dicas sobre como jogar no *videogame* ou como acessar o computador a quem não tem a mesma facilidade;
- ler uma história para alguém que não sabe ler.

Todo mundo tem um talento especial. É só descobrir qual é o seu. Por isso, se a sua mesada é curtinha e você não consegue doar nem um centavo, tudo bem! O importante é o tamanho do seu coração.

Peça ajuda aos seus pais ou aos seus professores para elaborar uma lista com **várias instituições sem fins lucrativos**. Há milhares delas pelo Brasil. Doando tempo, talento ou dinheiro você será muito bem-vindo a cada uma delas.

Com a leitura deste livro espero que você tenha compreendido a importância de estar atento(a) às escolhas que faz com o seu dinheirinho. Saiba que administrar o dinheiro é um hábito que, quanto mais cedo a gente começa a exercitar, mais fácil é manter pela vida afora.

Daqui para frente só não vá se esquecer do que é realmente essencial: tão importante quanto saber lidar com o dinheiro é lembrar que **ele não pode, jamais, ser a coisa mais valiosa na sua vida.**

SOBRE A AUTORA

Cássia D'Aquino é educadora com especialização em crianças, criadora e coordenadora do Programa de Educação Financeira em inúmeras escolas do país, consultora de diversas instituições públicas e privadas e palestrante em Congressos de Educação e Encontros de Pais no Brasil e exterior.

SOBRE O ILUSTRADOR

Carlo Giovani começou a desenhar muito cedo, como todas as crianças. Mas, ao contrário da maioria das pessoas, nunca parou. Dos rabiscos logo passou a investigar materiais e outras formas de desenhar. Adulto, foi cursar Design Gráfico. Desenhar passou a ser o seu trabalho, e, levado pela curiosidade, começou a investigar o papel. Rasgou, colou, pintou, voltou a cortar, a colar e a transformar o papel em ilustrações, tal como são feitas as deste livro. Para Carlo, ilustrar é jogo de olhar, projetar e devolver para o mundo o que vemos.

ACESSE, PELO QR CODE AO LADO, MODELOS DE ENVELOPES PARA VOCÊ COMEÇAR SUA JORNADA NA EDUCAÇÃO FINANCEIRA!